IN DER WIENER KANALISATION.
BRAVO, SANDRA. DAS HAST DU JA WIEDER EXTREM GUT GEMACHT!
SPLOSH!
IEEEK!
VON DER KLEINEN LABORMAUS, DIE ALLE HERUMKOMMANDIEREN, ZUR MÄCHTIGEN PSYCHO-SUPERSCHURKIN DEIMONIA ZU... WAS AUCH IMMER ICH JETZT BIN.
OHNE DEN STOCK VON DOKTOR PHOBOS BIN ICH NICHTS. SCHON WIEDER.
UND DIE SCHLAUE FRAU BAKK. PSYCH. MUSSTE SICH AUCH GLEICH IHRE CHEFIN ALS ERSTES OPFER AUSSUCHEN.* EINE ABTEILUNGSLEITERIN DER SESAM!
ICH WETTE, DIE GANZE BULLENSCHAFT DER META-POLIZEI IST SCHON HINTER MIR HER UND ICH...
ABER? WAS?!
TOCK!
* SIEHE ASH#9
WER WAGT ES? WER WAGT, MEINEN TIEFEN SCHLAF ZU STÖREN?
AAAAAHHHHHH!!!
W0331774

ENDSPIEL
DONAUTURM, WIEN.
SSSHHHHH!
GRÜSS DI', **MAGISTER**, SCHÖN, DASS'D AUCH ENDLICH HERGEFUND'N HAST!
KLKKK!
ACH, LASS IHN DOCH, ANNA. SONST IST DER BÜROKRAT DOCH EH IMMER DER PÜNKTLICHSTE VON UNS ALLEN.
>ERSUCHE VERSPÄTETES EINTREFFEN ZU ENTSCHULDIGEN. GRUND: UNVORHERGESEHENE STÖRUNGEN IM ÖFFENTLICHEN VERKEHR.<
>EINSATZ VON FLUGGÜRTEL ERSCHIEN UNTER DEN GEGEBENEN UMSTÄNDEN JEDOCH NICHT OPPORTUN.<
WAS DU NICHT SAGST.
SO, NACHDEM WIR JETZT ALLE VERSAMMELT SIND, WÜRDE ICH LADY HEUMARKT UM EINEN AUSFÜHRLICHEN BERICHT...
...ÜBER IHR ZUSAMMENTREFFEN MIT UNSEREN GEHEIMNISVOLLEN FREUNDEN NAMENS „WZKD" BITTEN.
JA, DIE...

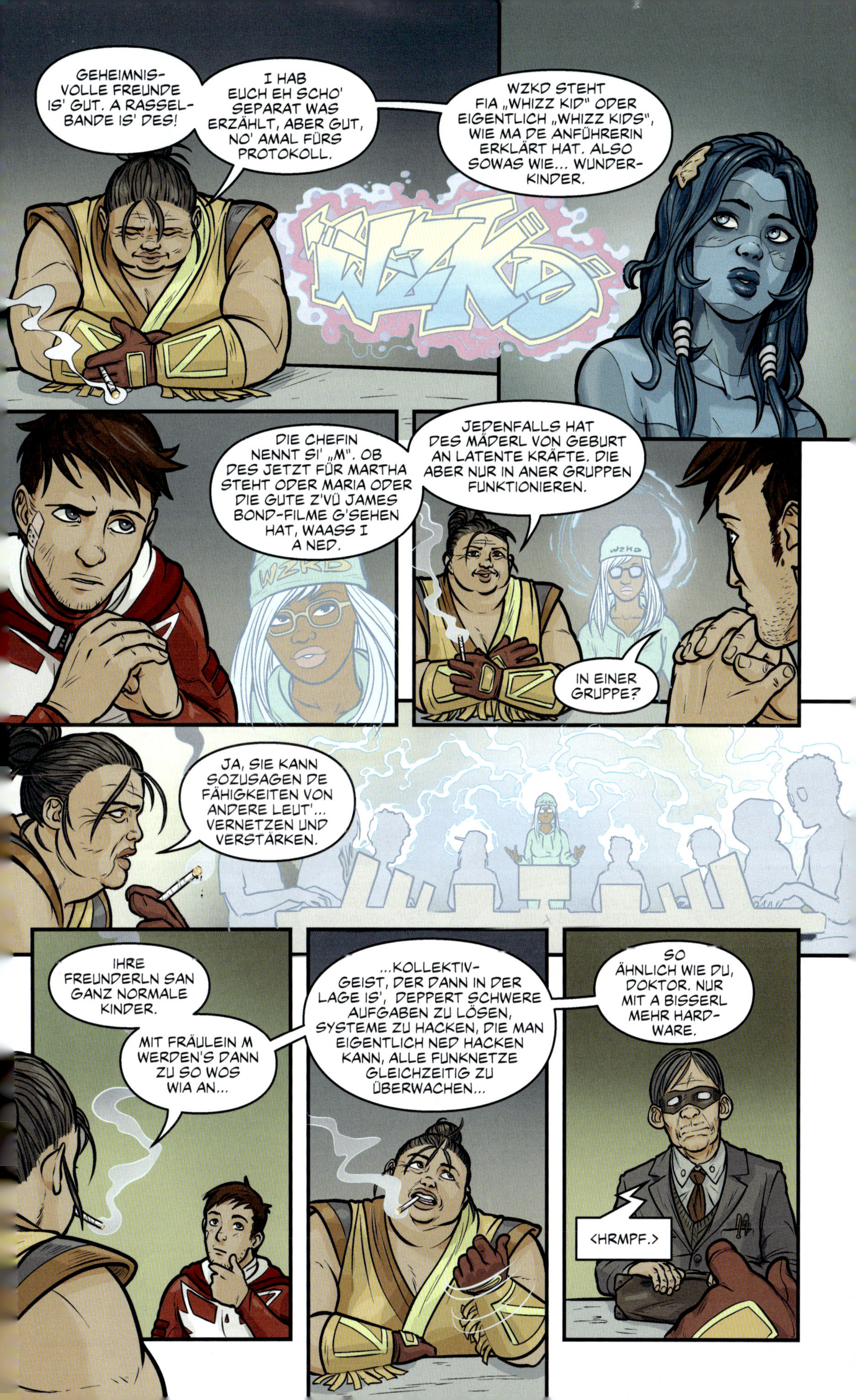
GEHEIMNIS-VOLLE FREUNDE IS' GUT. A RASSEL-BANDE IS' DES!
I HAB EUCH EH SCHO' SEPARAT WAS ERZÄHLT, ABER GUT, NO' AMAL FÜRS PROTOKOLL.
WZKD STEHT FIA „WHIZZ KID" ODER EIGENTLICH „WHIZZ KIDS", WIE MA DE ANFÜHRERIN ERKLÄRT HAT. ALSO SOWAS WIE... WUNDER-KINDER.
WZKD
DIE CHEFIN NENNT SI' „M". OB DES JETZT FÜR MARTHA STEHT ODER MARIA ODER DIE GUTE Z'VÜ JAMES BOND-FILME G'SEHEN HAT, WAASS I A NED.
WZKD
JEDENFALLS HAT DES MÄDERL VON GEBURT AN LATENTE KRÄFTE. DIE ABER NUR IN ANER GRUPPEN FUNKTIONIEREN.
WZKD
IN EINER GRUPPE?
JA, SIE KANN SOZUSAGEN DE FÄHIGKEITEN VON ANDERE LEUT'... VERNETZEN UND VERSTÄRKEN.
IHRE FREUNDERLN SAN GANZ NORMALE KINDER.
MIT FRÄULEIN M WERDEN'S DANN ZU SO WOS WIA AN...
...KOLLEKTIV-GEIST, DER DANN IN DER LAGE IS', DEPPERT SCHWERE AUFGABEN ZU LÖSEN, SYSTEME ZU HACKEN, DIE MAN EIGENTLICH NED HACKEN KANN, ALLE FUNKNETZE GLEICHZEITIG ZU ÜBERWACHEN...
SO ÄHNLICH WIE DU, DOKTOR. NUR MIT A BISSERL MEHR HARD-WARE.
<HRMPF.>

WOS I WIRKLICH KOMISCH FIND' IS', DASS DIE KIDS IHR HAUPTQUARTIER AUSGERECHNET DORT UNTEN AUFG'SCHLAGEN HABEN, WO I ALS TEENAGER A WEILE... G'LEBT HAB'.
DIE ALTE ZWINGBURG, UNTER'M SCHWARZENBERG-PLATZ, WO AUCH DA STROTTER...
ERINNER' MICH BITTE NICHT DARAN!
JEDENFALLS SAN DE WISKIS FANS VON UNS.
DARUM HELFEN'S UNS SCHON A WEILE IM VERBORGENEN. ABER JETZT HABEN'S BE-SCHLOSSEN SICH UNS ZU OFFENBAREN.
FANG MICH DOCH! :p
DU MEINST, SIE...
JA, SCHATZERL, DIE WOLLTEN G'FUNDEN WERDEN UND HABEN UNS A SPUR G'LEGT.
NUN GUT, MIT DEN WUNDERKINDERN WERDEN WIR UNS EIN ANDERMAL NÄHER BESCHÄFTIGEN.
JETZT ABER ZÄHLT, WAS SIE LADY HEUMARKT MITGEGEBEN HABEN: NÄMLICH DATEN, DIE AUF DAS VERSTECK DES URHEBERS UNSERER PROBLEME VERWEISEN: FERENC NAGY ODER, WENN MAN SO WILL, „ROTER HUSAR JUNIOR".
WIR WERDEN UNS DEN HERRN EINMAL NÄHER ANSEHEN.
ABER DIESMAL NEHMEN WIR VERSTÄRKUNG MIT.
ZU KARAWANKA HATTEN WIR BISHER NOCH KEINEN KONTAKT. ÜBER DEN LINZER „ENGEL" WISSEN WIR ZU WENIG UND DONAU-. WEIBCHEN HAT SICH GEGEN UHUDLER AUSGE-SPROCHEN.
LEIDER SCHWIERIG. GRÜNER PANTHER UND DER STIER SIND ZU ALT.
ALLES NUR KEIN WEINGEIST, BITTE!
ALSO I HOB DEN IMMER GANZ WITZIG G'FUNDEN.
DAS HEISST, AUSSER UNS VIER BESTEHT UNSER TEAM AUS...
GRIASS DI KURTL. HOSCH' MI VAMISST?
BZZZZZ...
ÄH...

LIVE
DIE SACHE BEKOMMT LANGSAM DYNAMIK. GUT SO. ICH HABE LANGE GENUG GEWARTET.
MIT DEM AUFTAUCHEN DIESER WZKD-TRUPPE HABE ICH ZWAR NICHT GERECHNET, ABER BISHER WAREN DIE WEITAUS MEHR HILFREICH ALS HINDERLICH.
BESONDERS, SEIT ICH AUCH DIE UNAUFFÄLLIG MIT INFORMATIONEN VERSORGE. HA.
WER WEISS, WIE LANGE SONST MEIN WEICHEI VON EINEM SOHN UND SEINE PFAD-FINDERTRUPPE GEBRAUCHT HÄTTEN, UM DIE HIN-WEISE UND SPUREN AUFZUGREIFEN.
JA, UNGARN WAR ETWAS ZU KNAPP UND JA, ICH BRAUCH DICH AUF JEDEN FALL NOCH EINMAL.
ICH MÖCHTE WIEN IN DER AKTUELLEN SITUATION NICHT VERLASSEN. ES WÄRE ALSO GUT, WENN DU DICH VOR ORT UM ALLES KÜMMERST. VOR ALLEM UM UNSEREN... FREUND.
QUANTUMCONN-X
QUANTENVERSCHRAENKUNG ---AKTIV...
GESICHERTE VERBINDUNG ---ETABLIERT

OBERÖSTERREICH, GRENZÜBERGANG WULLOWITZ.
ALSO, ICH WEISS NICHT, ICH FINDE DAS HOCH-GRADIG, ICH WEISS NICHT, UNWÜRDIG.
DSHHHHH...
A GEH, KURTL, WAS STÖRT DI' DO A SO? HOSCH' WOS GEG'N A BISSL A FRISCHE LUFT?
ICH HAB DIR DO' G'SAGT, I KENN' NOCH A PAAR TUNNEL AUS'M KALTEN KRIEG.
DA WARAT MA GANZ LOCKER RÜBER NACH TSCHECHIEN...
OH! DER CAPTAIN!
HALLO, KÖNNEN WIR KURZ DIE DETAILS BE-SPRECHEN?
DAS SIND DOCH DIE... DINGS.
FOLGEN SIE MIR BITTE...
WER IS'N DIE IN ROT?
HAST WOHL EINEN VEREHRER, ROSI.
IST IHR... FLUGGEFÄHRT AUCH GUT GESICHERT WÄHREND IHRER ABWESENHEIT? WIR WOLLEN HIER KEIN RISIKO EINGEHEN.
>ALLE SYSTEME OFFLINE. AKTIVIERUNG NUR MITTELS VER-SCHLÜSSELTEM RAFFERIMPULS MÖGLICH.<
ÄH. AH SO. NA DANN.
DAS DING MUASS I MA ANSCHAUEN.
SOGT'S KÄÄÄSE-KRAINER!
BITTE EIN FOTO NOCH, LADY H.!
SCHAU ICH SO AUCH EH NICHT ZU KLEIN AUS?
WOW! SO EINEN BIZEPS HÄTT' ICH GERN!
DIE LADY HEUMARKT IST ECHT SO EINE RAMPENSAU!

EICHRE LADY ISCH ECHT A MARK'N!
ALLERDINGS.
GLAUBST' GEBEN DIE UNS EIN AUTO-GRAMM?
ICH TRAU MICH NICHT FRAGEN...
ALLE ACHTUNG. ROTER ADLER HAT SICH ECHT... GEMAUSERT.
SO, CHEF-INSPEKTORIN MAREK HAT SICH - ANGEB-LICH - WIRKLICH BEMÜHT.
ABER DIE TSCHECHEN WOLLEN UNSERER BEWAFFNETEN DONAUSCHWALBE KEINE EINFLUGGENEHMIGUNG ERTEILEN.
KLACK!
GEMÄSS DER EU-RICHTLINIE FÜR INTERPOL-ASSISTENZ-DIENSTE METABEGABTER WESEN KÖNNEN WENIG-STENS WIR SELBST PROBLEMLOS EINREISEN...
UND DU WILLST WIRKLICH KEINEN FLUGGÜRTEL NEHMEN, ROSI?
A GEH! DES ISCH DOCH LEI A KATZENSPRUNG BIS KRUMAU!
UND WAS WAR JETZT WIRKLICH MIT DIR UND KURT IN EUREM, ÄHM... ADLER-HORST?
HAHAHA... WENN DER KURTL NIX SOGT, DANN SOG I A NIX. A DAME GENIESST UND SCHWEIGT, GELL?
JEDES MAL WENN WIR IHN FRAGEN, WIRD ER ROT UND SCHWEIGT.
ALLES KLAR. WIR KÖNNEN LOS-LEGEN.
OFFIZIELL SIND WIR AUF AUF-KLÄRUNGSMISSION UND FOLGEN EINEM VAGEN HINWEIS.
MIT DER VERSION LASSEN UNS DIE LOKALEN BEHÖREN IN RUHE.
AUF GEHT'S!
WSHHHHHHH!

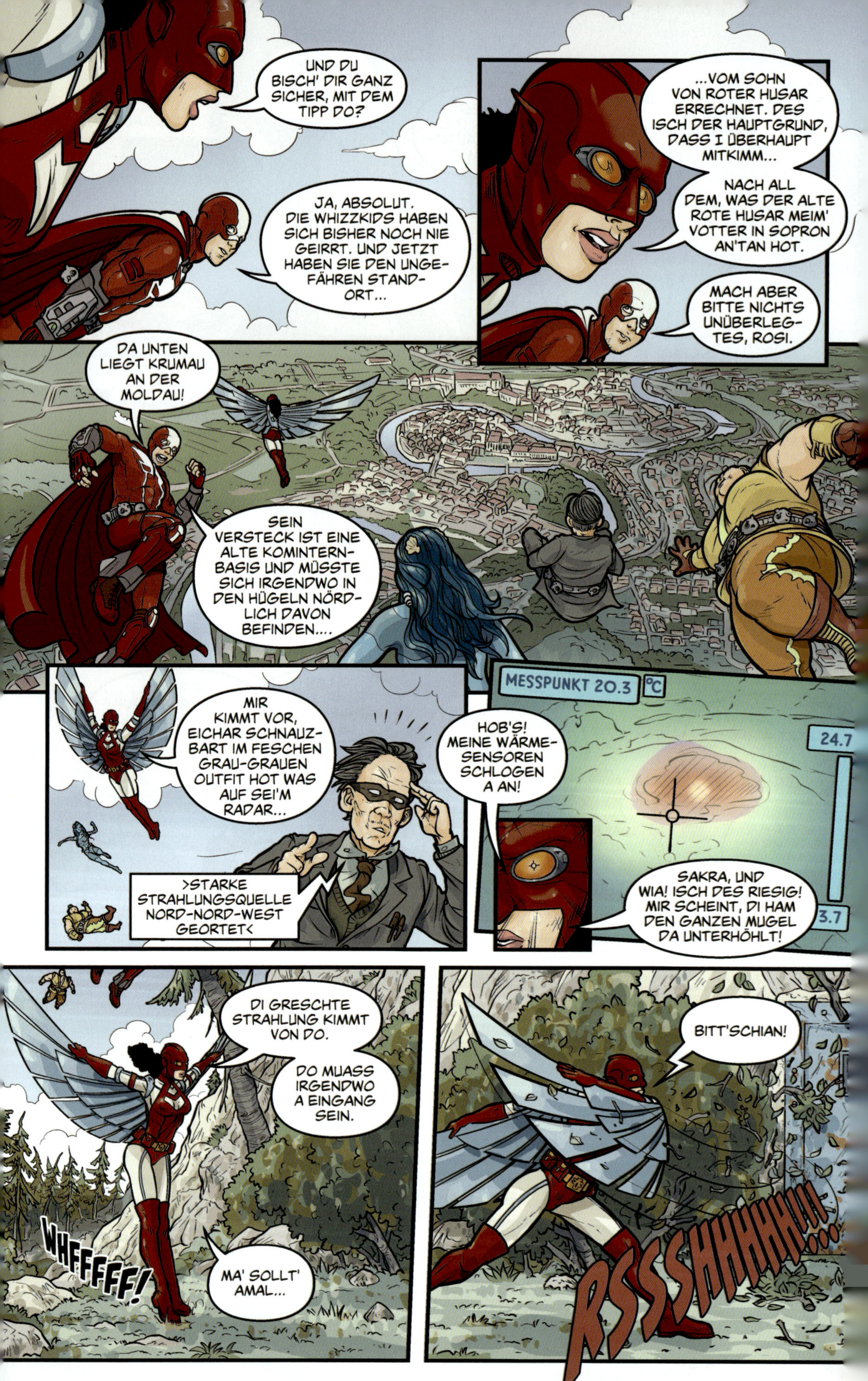

UND DU BISCH' DIR GANZ SICHER, MIT DEM TIPP DO?
JA, ABSOLUT. DIE WHIZZKIDS HABEN SICH BISHER NOCH NIE GEIRRT. UND JETZT HABEN SIE DEN UNGEFÄHREN STANDORT...
...VOM SOHN VON ROTER HUSAR ERRECHNET. DES ISCH DER HAUPTGRUND, DASS I ÜBERHAUPT MITKIMM...
NACH ALL DEM, WAS DER ALTE ROTE HUSAR MEIM' VOTTER IN SOPRON AN'TAN HOT.
MACH ABER BITTE NICHTS UNÜBERLEGTES, ROSI.
DA UNTEN LIEGT KRUMAU AN DER MOLDAU!
SEIN VERSTECK IST EINE ALTE KOMINTERN-BASIS UND MÜSSTE SICH IRGENDWO IN DEN HÜGELN NÖRDLICH DAVON BEFINDEN....
MIR KIMMT VOR, EICHAR SCHNAUZBART IM FESCHEN GRAU-GRAUEN OUTFIT HOT WAS AUF SEI'M RADAR...
>STARKE STRAHLUNGSQUELLE NORD-NORD-WEST GEORTET<
MESSPUNKT 20.3 °C
24.7
3.7
HOB'S! MEINE WÄRMESENSOREN SCHLOGEN A AN!
SAKRA, UND WIA! ISCH DES RIESIG! MIR SCHEINT, DI HAM DEN GANZEN MUGEL DA UNTERHÖHLT!
DI GRESCHTE STRAHLUNG KIMMT VON DO.
DO MUASS IRGENDWO A EINGANG SEIN.
WHFFFFFF!
MA' SOLLT' AMAL...
BITT'SCHIAN!
RSSSHHHHH!!!...

SOWEIT SO GUT. ICH SCANNE EINMAL NACH EINEM ÖFFNUNGS-MECHANISMUS.
AUSSERDEM WERDE ICH EINE FUNKBOTSCHAFT AUF MEHREREN FREQUENZEN AUSSENDEN.
VIELLEICHT IST JEMAND ZU HAUSE UND MACHT UNS DIE TÜR AUF.
ODER...
WIR MACHEN DES SO!
WHAMM!
ANNA, LADY HEUMARKT! WAS SOLL DAS?
UNSERE MISSION IST ES, ANTWORTEN ZU FINDEN UND NICHT ALLES KURZ UND KLEIN ZU SCHLAGEN!
KRIEEEK!
JETZT HÖR MIR GUT ZU, CAPTAIN. ICH AKZEPTIER' JA, DASS DU DER CHEF VON UNSEREM TEAM BIST.
ABER DAS IST - MIT AN SICHERHEIT GRENZENDER WAHRSCHEINLICHKEIT - DER BAU VON DIESEM HUSAREN-SOHN.
UND DER HAT - MIT AN SICHERHEIT GRENZENDER WAHRSCHEINLICHKEIT - MEINEN BRUDER MANIPULIERT UND GEQUÄLT.
ICH WILL AUCH ANTWORTEN. ABER NACHDEM, WAS MIT PETER PASSIERT IST, UND NACHDEM, WAS MIT EUCH IN UNGARN PASSIERT IST, STELL' ICH DIE FRAGEN LIEBER AUF MEINE ART!
ANNA...
ALSO GUT. JETZT WIRD ER UNS EH SCHON BEMERKT HABEN.
SCHAUEN WIR, OB ER MIT UNS REDEN WILL.
WENN NICHT...
... ÜBERLASSEN WIR DIE GESPRÄCHS-FÜHRUNG LADY HEUMARKT.

HM... EINE ABZWEIGUNG. UND WOHIN JETZT?
MEINE SCANS LIEFERN KEIN EINDEUTIGES ERGEBNIS, WIE SIEHT'S BEI EUCH AUS?
DO ISCH EINDEUTIG ÜBERALL A AKTIVITÄT, ABER I KENNTAT NIT SAGEN, IN WELCHE RICHTUNG DASS WIR DA JETZT WEITER MIASSN...
MUSS LEIDER AUCH PASSEN...
>VERSTÄRKTE SINNE ORTEN SENSORISCH VERGLEICHBARE AUS-STRAHLUNG WIE IM UNTERKELLERTEN HAUS VON MARI... CSÁRDÁS-FÜRSTIN.<
>DIESE RICHTUNG.<
ALLES KLAR, FOLGEN WIR UNSEREM SUPERHIRN.
UND AB JETZT NUR CODENAMEN, WIR WISSEN NICHT...
REC
... OB WIR ABGEHÖRT WERDEN.

KU... CAPTAIN. ULTRA-SCHALL, INFRAROT, DES OLLES SPRICHT JETZT BEI MIR AN. HINTER DIE WÄND' ISCH EINIGES LOS. AUCH IN DER DECKEN UND DEM BODEN.
WIR SOLLTATEN EXSCHTREM...
ACHTUNG!
WHOFFF!
HÄ?!
WOS SOLL DES KRAMURI?!
VERDAMMT!
KRSHHH!!!
DES KLUMP HALT JA NED AMAL AN B'SOFFENEN AUF.
DIE FALLE WAR VERMUTLICH FÜR MENSCHEN OHNE KRÄFTE GEDACHT.
AUSSERDEM FÜRCHTE ICH, WAR DAS ERST DER ANFANG...

...UND UNSER UNBEKANNTER GASTGEBER HAT NOCH MEHR FÜR UNS AUF LA...
HALTET EUCH AUF KEINEN FALL ZURÜCK! DIESE SPIELZEUGE SIND GEFÄHRLICHER ALS SIE AUS-SEHEN!
MIT EINIGEN DAVON HATTEN WIR SCHON IN UNGARN ZU TUN!
JO, DA HABT'S ABER NED DE WUNDER-SCHÖNE UND UNVERWÜST-LICHE LADY HEUMARKT DABEI G'HABT!
BRRRZ!
EIN ZWEITES MAL WERDE ICH DIESE DINGE AUF KEINEN FALL UNTERSCHÄTZEN, CAPTAIN!
SSHHHHH!!!!
HIER! NIMM EINEN HOCHKONZENTRIERTEN WASSERSTRAHL, DU MONSTER! SCHNEIDET DURCH METALL WIE BUTTER!
>MORALISCH-ETHISCHE BEDENKEN GEGEN UNBE-FUGTES EINDRINGEN UND SACHBESCHÄDIGUNG FREMDEN EIGENTUMS VORHANDEN UND NOTIERT.<

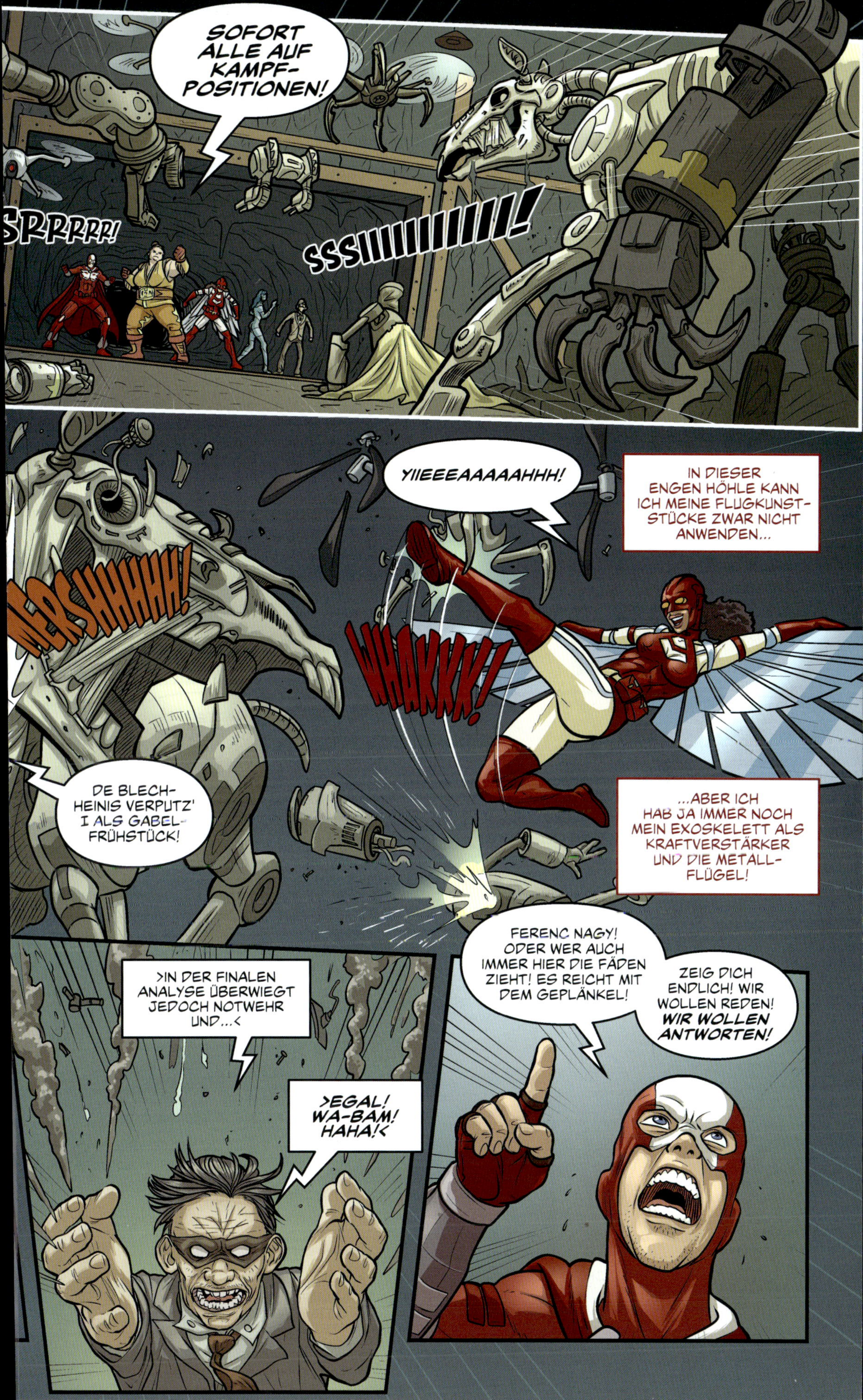
SOFORT ALLE AUF KAMPF-POSITIONEN!
SRRRRR!
SSSIIIIIIIIIIIII!
YIIEEEAAAAAHHH!
IN DIESER ENGEN HÖHLE KANN ICH MEINE FLUGKUNST-STÜCKE ZWAR NICHT ANWENDEN...
ERSHHHHHH!
WHAKKK!
DE BLECH-HEINIS VERPUTZ' I ALS GABEL-FRÜHSTÜCK!
...ABER ICH HAB JA IMMER NOCH MEIN EXOSKELETT ALS KRAFTVERSTÄRKER UND DIE METALL-FLÜGEL!
>IN DER FINALEN ANALYSE ÜBERWIEGT JEDOCH NOTWEHR UND...<
>EGAL! WA-BAM! HAHA!<
FERENC NAGY! ODER WER AUCH IMMER HIER DIE FÄDEN ZIEHT! ES REICHT MIT DEM GEPLÄNKEL!
ZEIG DICH ENDLICH! WIR WOLLEN REDEN! WIR WOLLEN ANTWORTEN!

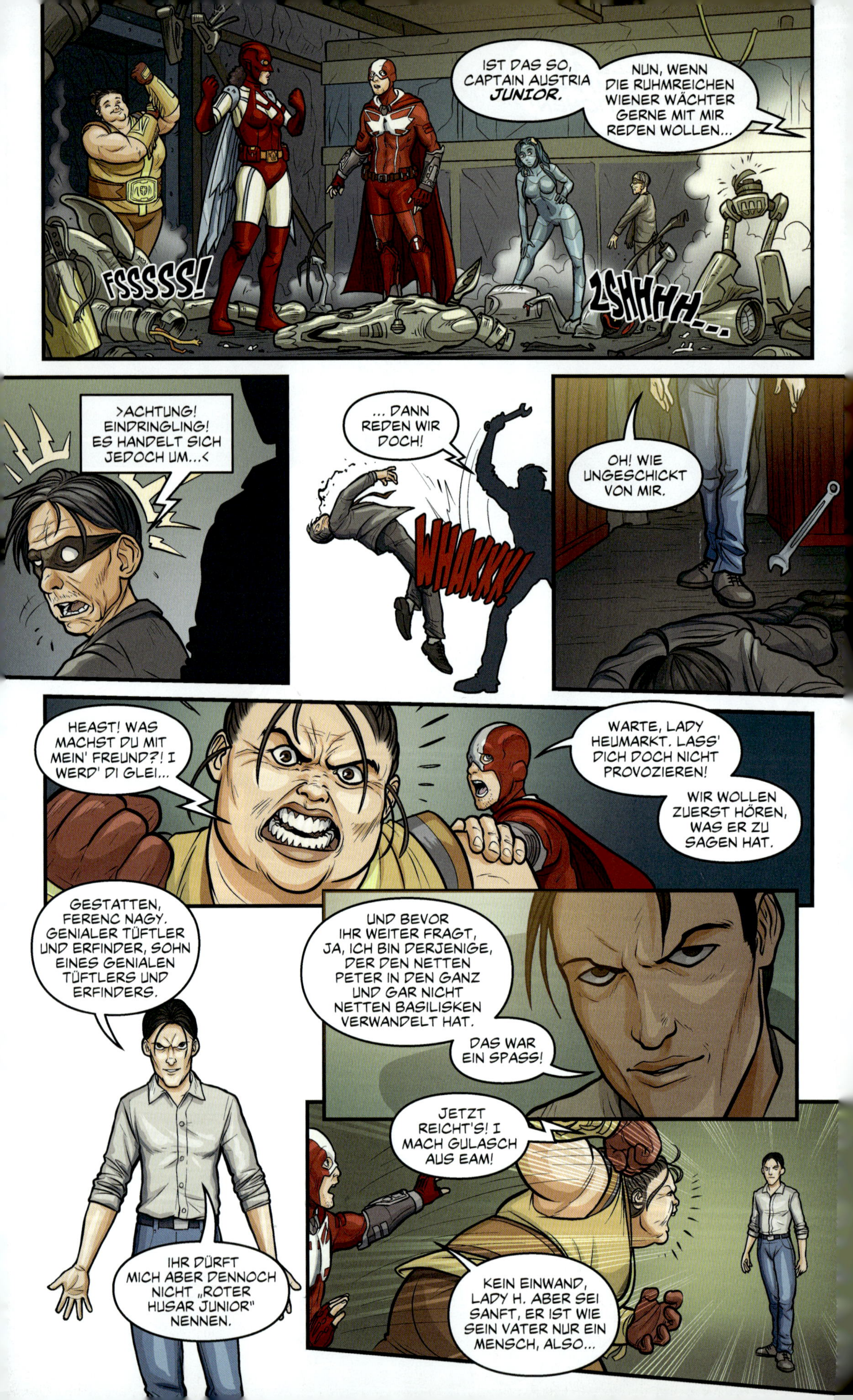

IST DAS SO, CAPTAIN AUSTRIA JUNIOR.
NUN, WENN DIE RUHMREICHEN WIENER WÄCHTER GERNE MIT MIR REDEN WOLLEN...
FSSSSS!
ZSHHHH...
>ACHTUNG! EINDRINGLING! ES HANDELT SICH JEDOCH UM...<
... DANN REDEN WIR DOCH!
WHAKK!
OH! WIE UNGESCHICKT VON MIR.
HEAST! WAS MACHST DU MIT MEIN' FREUND?! I WERD' DI GLEI...
WARTE, LADY HEUMARKT. LASS' DICH DOCH NICHT PROVOZIEREN!
WIR WOLLEN ZUERST HÖREN, WAS ER ZU SAGEN HAT.
GESTATTEN, FERENC NAGY. GENIALER TÜFTLER UND ERFINDER, SOHN EINES GENIALEN TÜFTLERS UND ERFINDERS.
UND BEVOR IHR WEITER FRAGT, JA, ICH BIN DERJENIGE, DER DEN NETTEN PETER IN DEN GANZ UND GAR NICHT NETTEN BASILISKEN VERWANDELT HAT.
DAS WAR EIN SPASS!
IHR DÜRFT MICH ABER DENNOCH NICHT „ROTER HUSAR JUNIOR" NENNEN.
JETZT REICHT'S! I MACH GULASCH AUS EAM!
KEIN EINWAND, LADY H. ABER SEI SANFT, ER IST WIE SEIN VATER NUR EIN MENSCH, ALSO...

WHAPPP!!!
DANNNG!
ICH VERSTEHE DAS NICHT, CAPTAIN. ROTER HUSAR HATTE KEINE KRÄFTE UND DIE VON SEINER MUTTER BASIEREN AUF ERLERNTER MAGIE. DAS VERERBT SICH NORMALERWEISE NICHT!
HIER STIMMT ETWAS NICHT. SEINE AUSSTRAHLUNG IST AUCH IRGENDWIE... SELTSAM.
WIE AUCH IMMER UND WARUM AUCH IMMER. ER IST ABER GANZ OFFENSICHTLICH ÜBERMENSCHLICH STARK. ALSO VORSICHT!
DIE „NEUEN WIENER WÄCHTER". WAS FÜR EIN BEKLAGENSWERTER HAUFEN! HAHA! IMMERHIN HABT IHR MEINE KLEINE BASTELSTUBE ENTDECKT. DAMIT HATTE ICH EIGENTLICH NICHT GERECHNET. EIN PUNKT FÜR EUCH.
NAJA, VIELLEICHT EIN HALBER.
WAS SOLLTE DAS ALLES? DIE ANGRIFFE AUF UNSCHULDIGE IN WIEN UND GRAZ!
DAS IST DOCH WAHNSINN!
WAHNSINN? ODER RACHE!
NICHT ALLE HABEN DIE SCHMACH DER NIEDERLAGE DES KOMINTERN VERGESSEN!
WIE DIESE VERRÄTERIN CHIMARE, DIE SICH DER LIGA DEUTSCHER HELDEN ANGEDIENT HAT.
MANCHE ABER KÖNNEN UND WOLLEN NICHT VERGESSEN.
IHR WART DAS ZIEL VON ANFANG AN!
LEIDER HAT DER BASILISK ZU FRÜH VERSAGT. UND IHR HABT MEINE VORBEREITUNGEN FÜR PHASE ZWEI UNTERBROCHEN.
ABER DAS MACHT NICHTS. STATT ZU EUCH ZU KOMMEN, ERLEDIGEN WIR DAS EINFACH HIER UND JETZT!
FHOOOSH!
DAS REICHT! ANGRIFF!
WAS ZUM?!
TAKK!

EINS, DER KLEINE GRAUE. ZWEI, DIE GROSSE DICKE. MEINE PARTNER WERDEN SICH FREUEN, WENN ICH SIE IHNEN AUSLIEFERE.
HNGH!
UND JETZT DREI, DIE HÜBSCHE SENNERIN VON DER ALM.
URGHHH! RÖCHEL!
NEIN! LASS SIE LOS!
WARUM TUST DU DAS? DU BIST DOCH GENAU WIE ICH LANGE NACH DEM OST-WEST-KONFLIKT GEBOREN!
JA, ABER ICH HABE DABEI EINEN VATER VERLOREN!
ES HAT LANGE GEDAUERT, BIS MIR MEINE MUTTER ÜBERHAUPT DAVON ERZÄHLT HAT.
UND NOCH LÄNGER, BIS ANDERE MIT MIR KONTAKT AUFGENOMMEN HABEN... UND LUST AUF RACHE IN MIR ENTFACHT HABEN!
RACHE AN DEINEM VATER. ODER AN DEM VATER VON DEINER FREUNDIN HIER. DER ALTE ROTE ADLER, DER MEINEN VATER IN SOPRON ERMORDET HAT!
DAS... STIMMT DOCH... NICHT...
DAS WAR NOTWEHR, ALS ROTER HUSAR...
...ALS ROTER HUSAR DABEI WAR, JEDEN KNOCHEN IM KÖRPER IHRES VATERS ZU BRECHEN?
DAS WAR EBEN DER KRIEG! LEIDER WURDE ER DAMALS UNTERBROCHEN.
ALSO LASS MICH HEUTE BEI SEINER TOCHTER FORTSETZEN, WAS MEIN VATER NICHT VOLLENDET HAT...
HNN...
AAAAARGHHH!
SNAP!!!

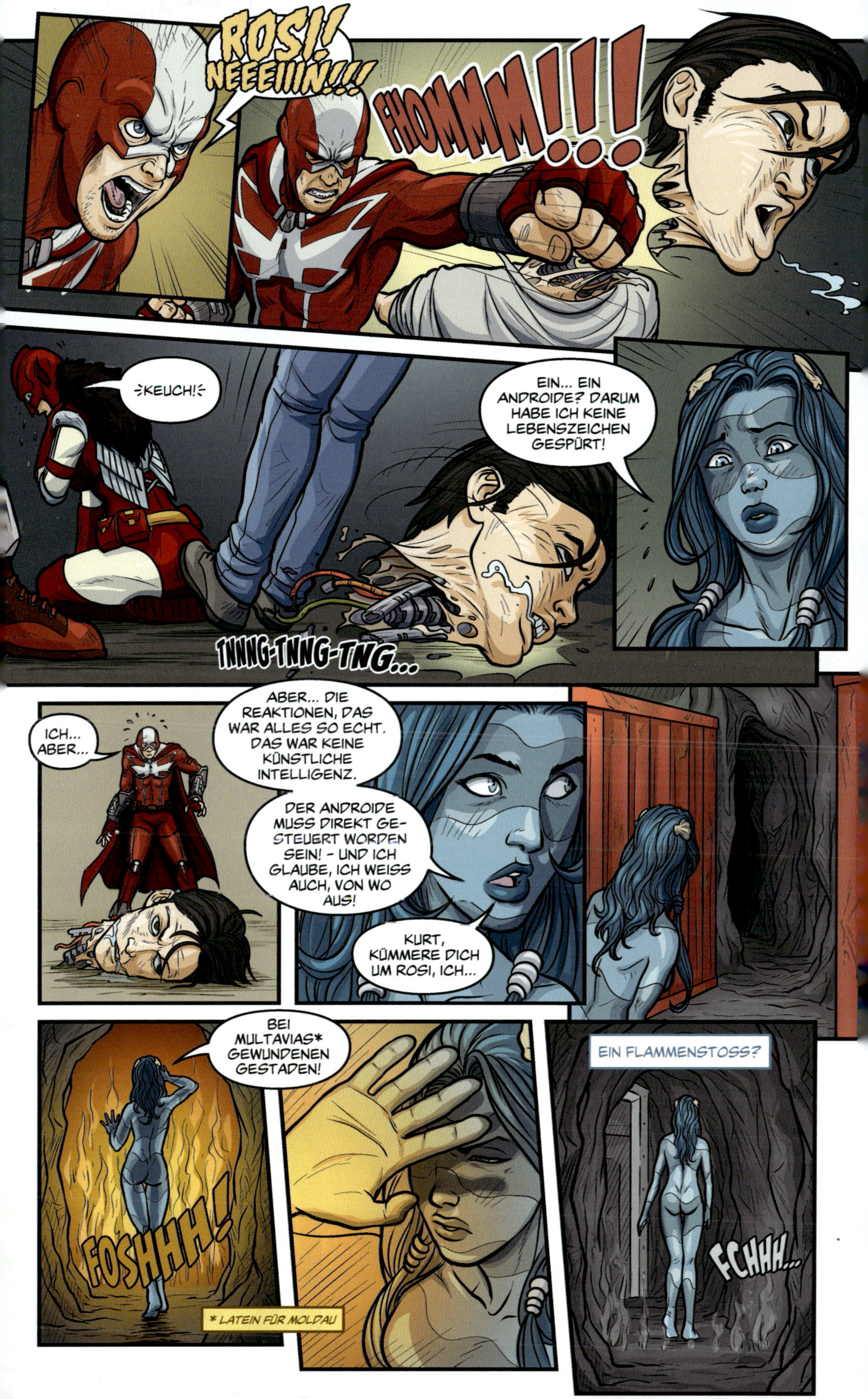
ROSI! NEEEIIIN!!!
FHOMMM!!!
KEUCH!
EIN... EIN ANDROIDE? DARUM HABE ICH KEINE LEBENSZEICHEN GESPÜRT!
TNNG-TNNG-TNG...
ICH... ABER...
ABER... DIE REAKTIONEN, DAS WAR ALLES SO ECHT. DAS WAR KEINE KÜNSTLICHE INTELLIGENZ.
DER ANDROIDE MUSS DIREKT GESTEUERT WORDEN SEIN! - UND ICH GLAUBE, ICH WEISS AUCH, VON WO AUS!
KURT, KÜMMERE DICH UM ROSI, ICH...
BEI MULTAVIAS* GEWUNDENEN GESTADEN!
FOSHHH!
* LATEIN FÜR MOLDAU
EIN FLAMMENSTOSS?
FCHHH...

ICH HABE DEN ECHTEN FERENC GEFUNDEN, KURT. ABER ER SCHEINT OHNMÄCHTIG ZU SEIN.
UHHHHH...
EINIGE ZEIT SPÄTER...
ICH KANN NICHT ALLE DATEN HIER GENAU DEUTEN, ABER FERENC SCHEINT TATSÄCHLICH NICHT ALLEINE GEARBEITET ZU HABEN.
AM BESTEN, WIR ÜBERSPIELEN ALLES UND ANALYSIEREN ES DANN ZU HAUSE.
AU. I HOB SCHO' WIEDER SO AN SCHÄDEL, WIE NEULICH IM KANAL! ABER DIESMAL DURCH ÄUSSERE EIN-WIRKUNGEN...
HALT GANZ RUHIG, ROSI, ICH WERDE DEN BRUCH NOTDÜRFTIG SCHIENEN.
DANK DA SCHEE, AUTSCH, DIANA...

UND WAS IST JETZT MIT IHM?
TROTZ SEINER ANGEBERISCHEN ANSPRACHE HÄTTE ICH DOCH NOCH EINIGE FRAGEN AN... ROTER HUSAR JUNIOR!
ICH KANN SEINE LEBENS-ENERGIE NUR SEHR SCHWACH WAHR-NEHMEN.
NATÜRLICH BIN ICH KEINE ÄRZTIN, ABER ICH WÜRDE SAGEN, ER LIEGT IM KOMA.
SELTSAM. ER MUSS VORHER WACH GEWESEN SEIN, UM DEN ANDROIDEN SO PERFEKT ZU STEUERN.
VIELLEICHT GAB ES EINE ART RÜCKKOPPELUNG, ALS SEIN AVATAR, NUN, DEN KOPF VERLOREN HAT?
VIELLEICHT. ODER ABER...
ODER?
NICHTS. GAR NICHTS.
>ERSUCHE UM AUFMERKSAMKEIT. WARNZEICHEN AUF KONSOLE DEUTET AUF EINTREFFEN WEITERER PERSONEN HIN.<
DIIT-DIIT-DIIT!
ALLE IN KAMPF-POSITION! VIELLEICHT HAT DER JUNG-HUSAR NOCH SEINE VERBÜNDETEN ALARMIERT, BEVOR ER IN OHNMACHT GE-FALLEN IST!
WIR MÜSSEN AUF ALLES GEFASST SEIN!
KRUZI!
TUAT MA LAD, JUNIOR, OBA AUF DES WAR I JETZT NED G'FASST

LIGA! AUSSCHWÄRMEN!
I GLAUB' WIR HAM BESUCH!
EI, FREILI, CAPTAIN, DES MOCH MA FIX!
FORTSETZUNG FOLGT...

FROM THE ASHES!

Ihr habt uns was zu sagen? Schreibt uns an ASH, Postfach 6, A-1035 Wien, info@ austriansuperheroes.com, auf Facebook, Twitter oder Instagram!

#9

wann, wann, wann??? ich will's jetzt gleich! die letzte nummer war mit abstand die beste bis jetzt.

@Blindluck88 (Twitter)

- Inzwischen hast du #9 ja. #8 hat viele Fans und wir bemühen uns das Niveau zu halten!

AUFTRITT

Danke!!!
Ich finde es soooooooooooooooooo toll, dass ich in meinem Lieblingscomic mit dem Donauweibchen vorkomme!
Vielen, vielen Dank!!!

Hannah (Mail)

- Bitte gerne, wir freuen uns, dass du dich freust.

18:11 UHR

Unglaublich! Es ist schon da! Täteretää, der Abend ist gerettet!

Volker Schöbitz/@Dorian1210 (Twitter)

19:20 UHR

Aaaargh! Diese Cliffhanger! Habt doch Erbarmen mit einem armen Leser!

Volker Schöbitz/@Dorian1210 (Twitter)

- Nein. (Har, har).

COVER

Die Cover werden immer besser!

Florin Kelmendi (Facebook)

- Danke. Wir bemühen uns und lernen auch ständig dazu.

LDH

Jetzt will ich schweizerdeutsche Helden.

Alex Alexson (Facebook)

- Kommt Zeit kommt Züri . . .

TA-TAA! WIR WURDEN ERNEUT PREISGEKRÖNT!

Nachdem wir schon voriges Jahr den „Goldenen Stephan" für das „Beste Comic-Heft" und den „ICOM-Sonderpreis der Jury für eine bemerkenswerte Comic-publikation" erhalten haben, wurde diesmal unser Sammelband der Heft 1–4 mit dem „Bronzenen Stephan" gewürdigt! Wir finden das super oder wie Lady Heumarkt sagen würde: „Ollaweu!" ^-*

ASH MACHT SCHULE!

Im Rahmen eines Comic-Projekts im Deutsch-Unterricht in der 3. Klasse Gymnasium haben diese Mädchen ein Referat zu ASH gehalten, das von Beschreibungen der Helden bis zu den Machern unserer Hefte bis zur ungewöhnlichen Entstehungsgeschichte der Serie reichte. Wir fühlen uns geehrt!

Hatice Tazi, Elena Reitbauer, Lili Ertl und Emily Grassl (von li. nach re.)

COMIC NIGHT

PRESENTED BY Heute

INKLUSIVE
1x Heineken 0,33l
&
1x ASH-Comic

BLACK PANTHER

15. FEBRUAR, 20.00 UHR

CINEPLEXX
UNSERE WELT DES KINOS

Weitere Infos unter www.cineplexx.at

Mit freundlicher Unterstützung von:
ASH Austrian Superheroes & VIECC Vienna Comic Con

VRRRRRRRRRRRRRR...
COSTA DORADA, 1959.
KAPPA
POW!

KAPPA AN BIG BIRD. LITTLE BIRD IST UNVERSEHRT IM NEST ANGEKOMMEN.
BIG BIRD AN LITTLE BIRD. VERSTANDEN. KEHREN ZURÜCK ZUM HORST. VIEL ERFOLG.
OVER AND OUT.
SOWEIT SO GUT.
HAT SEINE VORTEILE, WENN MAN AUCH OHNE FALLSCHIRM LANDEN KANN. MINIMIERT DIE AUFMERKSAMKEIT. JETZT ABER WEITER.
BELLA VISTA IST ETWA 20 KILOMETER ENTFERNT...
GONZALEZ HÄLT SEINE REDE IN EINER HALBEN STUNDE.
BEI KONSTANTER GESCHWINDIGKEIT, KNAPP AM LIMIT, SO UM DIE 60 STUNDENKILOMETER...
... ERREICHE ICH DIE PLAZA LIBERTAD NOCH RECHTZEITIG, UM ALLES VORZUBEREITEN.

20 MINUTEN SPÄTER
DA, DIE STADTGRENZE VON BELLA VISTA. UND ICH HABE NOCH AUSREICHEND ZEIT.
IN DEN NEBENGASSEN IST KAUM ETWAS LOS.
MUSS DENNOCH VORSICHTIG SEIN, NICHT ENTDECKT ZU WERDEN...
MILITÄRPOLIZEI! BESSER, ICH BLEIBE EINEN MOMENT HIER IM SCHATTEN.
DIE PLAZA LIBERTAD IST GLEICH UM DIE ECKE.
ZU VIELE MENSCHEN.
MUSS AUF DIE DÄCHER AUSWEICHEN.
ABER VON HIER HABE ICH SOWIESO EINEN VIEL BESSEREN ÜBERBLICK.
MAL SEHEN. GONZALEZ WIRD VON DEM BALKON AUS SPRECHEN.
PERFEKT! DIESE POSITION HIER IST IDEAL.

INZWISCHEN IM PALACIO PRESIDENCIAL...
GENERALISSIMO?
¡ADELANTE!*
* SPAN.: TRETEN SIE EIN!
<HERR PRÄSIDENT, ES IST SOWEIT.>
<DAS VOLK HAT SICH AUF DEM PLATZ VERSAMMELT.>
<ALLES ABGESICHERT, OBERST?>
<NICHT EINMAL EINE MAUS DURCHDRINGT UNSERE ABSPERRUNG!>
<NUN, DANN WOLLEN WIR DEN PÖB... DAS VOLK NICHT LÄNGER WARTEN LASSEN!>
<NATÜRLICH, GENERALISSIMO.>
<SIE WOLLEN IHREN PRÄSIDENTEN SEHEN, SIE WERDEN IHREN PRÄSIDENTEN SEHEN!>
¡GONZALEZ! ¡GONZALEZ! ¡GONZALEZ!
¡VIVA EL PRESIDENTE!
¡GENERALISSIMO, HÁBLANOS! *
* SPRICH ZU UNS!
<LIEBE FREUNDE! VOLK VON COSTA DORADA!>
<HEUTE JÄHRT SICH DER TAG ZUM FÜNFTEN MAL, AN DEM WIR DIE SCHÄNDLICHEN KOMMUNISTISCHEN AUFRÜHRER, DIE UNS AN MOSKAU VERKAUFTEN, AUS DEM AMT GEJAGT HABEN!>
¡VIVA! ¡VIVA! ¡VIVA!
<UNSERER GLORREICHEN ARMEE UNTER MEINER BESCHEIDENEN FÜHRUNG GELANG ES, DIESE FEIGLINGE UND VERRÄTER IM HANDSTREICH ZU BESIEGEN UND AUS DEM LAND ZU JAGEN!>

<UND ICH MÖCHTE NATÜRLICH AUCH UNSEREN AMERIKANISCHEN FREUNDEN DANKEN.>
GONZALEZ AUF DEM BALKON. EINE UNÜBERSICHTLICHE MENSCHENMENGE. IDEALE VORAUSSETZUNG FÜR EIN ATTENTAT...
<NUR DURCH IHREN SELBSTLOSEN EINSATZ IST ES AUCH EINEM KLEINEN LAND WIE DEM UNSEREN MÖGLICH, SEINE ERDÖLVORRÄTE RICHTIG ZU NUTZEN UND ANDERE BODENSCHÄTZE ABZUBAUEN.>
...UND HIER SIND AUCH SCHON DIE ATTENTÄTER.
OH, SIEH EINER AN! WIR WUSSTEN JA, DASS DIE RECHTE HAND VON „EL MAXIMO LÍDER"* DIE AUFSTÄNDE IN ANDEREN LÄNDERN LATEINAMERIKAS UNTERSTÜTZT, ABER WER HÄTTE GEDACHT, DASS ER HÖCHSTPERSÖNLICH AN EINEM ATTENTAT TEILNEHMEN WÜRDE?
* „GRÖSSTER ANFÜHRER" EHRENNAHME FÜR FIDEL CASTRO. ZUSAMMEN MIT CHE GUEVARA ANFÜHRER DER KUBANISCHEN REVOLUTION
KAPPA AN LEILA. KAPPA AN LEILA. SIE SIND AN DER ECKE PLAZA LIBERTAD UND CALLEJÓN DE LAS CABRAS*! UND „EL DOCTOR" IST BEI IHNEN!
LEILA AN KAPPA. BESTÄTIGE. ZUGRIFF.
* ZIEGENGASSE
JETZT!
¿QUÉ?
BLONK!

¡POR DIOS!
<WER IST DAS? DER TEUFEL?>
<¡VIVA LA REVOLUCIÓN!>
<NEIN, NICHT DER TEUFEL! DAS IST „EL KAPPA", EINER DER BLUTHUNDE DER IMPERIALISTEN!>
BAF
<MACHT IHN FERTIG! TÖTET DEN GRINGO!>
SÍ, SOY „EL KAPPA".
ABER ICH BEZWEIFLE SEHR, DASS EUCH DAS GELINGEN WIRD.
CHAK!
¡AY!
<ES IST WAHR, WAS MAN ÜBER IHN SAGT! ER HAT MAGISCHE KRÄFTE! ER IST UNBESIEGBAR!>
<UNSINN! ER MAG SEHR STARK SEIN, ABER NIEMAND IST UNBESIEGBAR!>
NUN, ES IST DURCHAUS MÖGLICH, DASS JEMAND MICH BESIEGEN KANN...
BONG
<SCHÜTZT DEN CHE! KOMM, GENOSSE MINISTER, WIR FÜHREN DICH ZU UNSEREM FLUCHTWAGEN.>
<EIN DUNKLER TAG FÜR DIE FREIHEIT. ABER AM ENDE WIRD DIE REVOLUTION SIEGEN.>
...ABER IHR WERDET DAS NICHT SCHAFFEN!
TUT MIR LEID, COMPAÑEROS, ABER HEUTE IST KEIN GUTER TAG FÜR EINEN TYRANNENMORD!

GUT GEMACHT, „EL KAPPA"!
DEN REST KÖNNEN WIR DER LOKALEN POLIZEI ÜBERLASSEN. DR. GUEVARA IST ZWAR ENTKOMMEN, ABER IHN GEFANGEN ZU NEHMEN, HÄTTE OHNEHIN NUR DIPLOMATISCHE VERWICKLUNGEN GEBRACHT.
HAUPTSACHE, UNSER GUTER FREUND GONZALEZ, DER LIEBLING SEINES VOLKES, IST GERETTET.
LIEBLING SEINES VOLKES... MEINST DU NICHT EHER BLUTRÜNSTIGER DIKTATOR UND STRATEGISCHER VERBÜNDETER?
EGAL.
DU HAST DICH WIRKLICH ERSTAUNLICH ENTWICKELT IN DEN LETZTEN JAHREN. KEIN VERGLEICH, ZU DEINEN ERSTEN UNBEHOLFENEN EINSÄTZEN.
UND SCHON GAR KEIN VERGLEICH ZU DEM UNTERERNÄHRTEN STREUNER, DEN WIR DAMALS EINGESAMMELT HABEN...
DANKE, „LEILA".
ICH HATTE ABER AUCH EINE AUSGEZEICHNETE LEHRERIN.
OH, KENN' ICH DIE DAME ZUFÄLLIG?
KÖNNTE SCHON SEIN.
BIG BIRD AN LITTLE BIRD. BIG BIRD AN LITTLE BIRD UND TWEETY. EINSATZ BEENDEN. TREFFPUNKT AM VEREINBARTEN ORT.
KLICK!
WIR ERWARTEN SIE UND ⁝KRRRK⁝
NUN, DANN SOLLEN SIE DOCH NOCH EINE WEILE WARTEN. ICH HABE HIER NÄMLICH EIN ZIMMER MIT MEERBLICK IN EINEM KLEINEN VERSCHWIEGENEN HOTEL RESERVIERT.
INKLUSIVE FRÜHSTÜCK...
OH, ABER KÖNNEN DENN DIE RUHMREICHEN WIENER WÄCHTER SO LANGE AUF IHREN ANFÜHRER VERZICHTEN, ALFRED?
DAS WERDEN SIE WOHL MÜSSEN, EMILY. DAS WERDEN SIE WOHL MÜSSEN.
ENDE

ASH
AUSTRIAN SUPERHEROES
SPURENSUCHE

NEULICH IN WIEN

HAVAS | LANDGRUBER